Gespräche mit einer weisen Frau

Widmung:

Allen Menschen, die sich auf die Suche nach sich selbst und dem Geheimnis des Lebens begeben.

Peter Wandler

Gespräche mit einer weisen Frau

Geschichte einer Begegnung

Bibliografische Information der Deutschen Nationalbibliothek: Die Deutsche Nationalbibliothek verzeichnet diese Publikation in der Deutschen Nationalbibliografie; detaillierte bibliografische Daten sind im Internet über http://dnb.dnb.de abrufbar.

© 2016 Peter Wandler
Umschlagsgestaltung Heiko Kratz Mediendesgin, Freiburg
Umschlagsbild Peter Thiel
Herstellung und Verlag:
BoD- Books on Demand, Norderstedt

ISBN: 978-3-741273865

Inhalt

Einleitung (Seite 1)

1) Ein Gespräch in der Klinikkapelle (Seite 3)

2) Der erste Spaziergang im Kurpark (Seite 6)

3) Die Kapelle auf dem Berg (Seite 8)

4) Es geht um Sie persönlich (Seite 13)

5) Das zweite Treffen im Café (Seite 17)

6) Der zweite Besuch in der Kapelle (Seite 21)

7) Der neue Tag (Seite 24)

8) Abschied von Maria (Seite 29)

9) Nachwort (Seite 32)

1) Einleitung

Das helle Licht im Raum und der Sonnenstrahl direkt in sein Gesicht ließen Thomas aufwachen. Er öffnete leicht die Augen. 'Wo befinde ich mich?', waren seine ersten Gedanken. Ach ja, ich bin im Krankenhaus und hatte eine Herzoperation. In seinem Raum nahm er noch weitere Betten mit Patienten wahr. Thomas sah auf verschiedene Monitore, die um sein Bett angeordnet waren und auf die verschiedenen Kabel, welche seinen Körper mit diesen Geräten verbanden. Scheinbar hing sein Leben an Maschinen, auch wenn sie vielleicht nur zur Überwachung dienten. Gerade als er bemerkte, dass sich eine Person seinem Bett auf der Intensivstation näherte, verspürte er einen starken Schmerz in seiner Brust. Thomas sah seinen Körper unter sich liegen. Er selbst schien zu schweben. Zwei Ärzte und 2 Krankenschwestern waren an seinem Bett beschäftigt. Einer der Ärzte versuchte, durch Stromschläge sein Herz wieder zum Schlagen zu bringen. Er selbst jedoch spürte nichts davon. Er fühlte sich leicht und glücklich, obwohl er mit solch einer Situation nie gerechnet hätte. Er hatte seinen Körper verlassen und lebte bzw. existierte trotzdem. Plötzlich verspürte er jedoch einen Schmerz und eine starke Kraft, die ihn in den Körper zurückzog. Er hörte noch die Worte: 'Sein Herz schlägt wieder selbstständig' und fiel danach in einen tiefen Schlaf.

„Wie geht es Ihnen heute?", fragte der Professor in einem weißen Kittel." „Schon wieder besser, aber was war das für ein starker Schmerz in meiner Brust?" „Sie hatten vor zwei Tagen, nach Ihrer Herzoperation einen Herzstillstand. Wir konnten durch sofort eingeführte Maßnahmen Ihr Leben retten." „Dann war ich wohl zwischenzeitlich tot?" „Nicht wirklich. Wir Mediziner sprechen erst von dem Tod, wenn auch keine Gehirnströme mehr festgestellt werden können. Und soweit war es bei Ihnen noch nicht." Thomas erinnerte sich noch recht klar an sein Erlebnis. „Sagen Sie mal Herr Professor, könnten Sie sich vorstellen, dass ein Patient, der bewusstlos vor ihnen liegt, trotz dem seine Umwelt wahrnehmen kann?" „Dann wäre er nicht bewusstlos, wenn das möglich wäre." Er erzählte seinem Arzt von seinem Erlebnis. „Aus meiner Sicht wäre so etwas nicht möglich. Es können immer noch Gedanken oder Vorstellungen gewesen sein, die in Ihrem Gehirn vorhanden bzw. entstanden waren, welche solch ein Erlebnis hervorgerufen haben. Die noch feststellbare Hirnaktivität von Ihnen könnte so etwas ausgelöst haben. Vielleicht wäre hier ein Geistlicher der bessere und damit richtigere Ansprechpartner für Sie."

Thomas war noch recht schwach und das nicht zuletzt auf Grund seines Herzstillstandes. Er hatte vor einigen Tagen eine neue Herzklappe bekommen. Und das war auch der Grund, warum er sich in dieser sehr bekannten Herzklinik aufhielt. Als Privatpatient hatte er sich die beste Klinik und somit die besten Ärzte auf diesem Gebiet herausgesucht. Er wollte in dieser Angelegenheit nicht an der falschen Stelle sparen, denn sein Leben sollte nun mit 56 Jahren noch nicht vorzeitig zu Ende gehen. Etwas eigenartig fand er es schon, ein Ersatzteil in seinem Herzen eingepflanzt bekommen zu haben. Er hatte schon Vertrauen in die Medizin und in deren Fortschritte. Nur blieb in ihm immer noch ein Gefühl, dem Funktionieren eines Ersatzteiles und einer künstlichen Herzklappe ausgeliefert zu sein. Und wie ihm bereits vor der Operation mitgeteilt wurde, musste er nun bis zu seinem Lebensende Medikamente zur Gerinnungshemmung einnehmen. Also hing sein Leben neben dem Funktionieren der künstlichen Herzklappe auch noch an der Einnahme der Medikamente. Thomas hatte aber auch noch Glück. Der Herzstillstand schien, ohne weitere Auswirkungen auf sein angeschlagenes Herz geblieben zu sein. Bereits nach wenigen Tagen konnte er die Intensivstation wieder verlassen. Und auch die ersten selbstständigen Schritte waren möglich. Er fühlte sich gewissermaßen wie neu geboren. Doch sein Erlebnis während der Wiederbelebung beschäftigte ihn weiter. Auf alle Fälle wollte er noch einen Kirchenmann zurate ziehen. Und wenn der auch keine Erklärung dafür hatte, war wohl sein Erlebnis wirklich nur Einbildung gewesen.

1) Ein Gespräch in der Klinikkapelle

Heute um 14:00 Uhr sollte ein Gottesdienst in der Klinikkapelle stattfinden. Ihn beschäftige sein Erlebnis nach seinem Herzstillstande vor einer Woche natürlich noch weiter. Auch wenn der Professor für ihn keine befriedigende Aussage zu seinem Erlebnis machen konnte, so wollte er doch noch eine weitere Meinung hierzu einholen. Es war für ihn keine Einbildung gewesen - wie sollte er auch sonst das Personal an seinem Bett wahrgenommen haben. Mit geschlossenen Augen oder mit Einbildung wäre so etwas nicht möglich gewesen.

Mit der christlichen Kirche oder mit einer der anderen verschiedenen Glaubensrichtungen hatte er bisher in seinem Leben nichts anfangen können. Dazu war er auch immer viel zu beschäftigt gewesen. Als Ingenieur hatte er seine Lebenszeit mit seiner Karriere ausgefüllt und natürlich auch der Bau seines Hauses hatte seinen Einsatz gefordert. Es sammelte Antiquitäten und war die meisten Wochenenden, soweit er nicht im Büro saß, in Europa unterwegs. Immer auf der Suche nach ausgefallenen antiken Stücken um seine Sammlung zu ergänzen. Es war eine richtige Sammelleidenschaft, die er sich aus Langeweile selbst zugelegt hatte. Mit alten und geschichtsträchtigen Gegenständen sein Haus auszuschmücken war zu seinem großen Lebensinhalt geworden.

Und so machte er sich um 13:50 Uhr auf den Weg. Er fuhr mit dem Fahrstuhl ins Erdgeschoss und folgte von da an den Hinweisschildern 'Krankenhauskapelle'. Die Krankenhauskapelle befand sich in einem größeren Raum der Klinik, in dem so etwa an die 50 Besucher einen Platz finden konnten. 'Na ja, eine Kapelle ist das hier nicht', dachte Thomas. Er setzte sich in die erste Reihe, so wie er es auch beruflich gewohnt war, immer vorne zu sein. Nun hatte er noch gut 5 Minuten Zeit bevor der Gottesdienst beginnen sollte. Er schaute sich den Raum an. Dieser war sehr schlicht und vor ihm an der Wand hing ein Kreuz aus Holz. Davor stand ein kleiner Altar mit einer weißen Tischdecke und einem Blumengesteck. Sollte er hier der einzige Besucher bleiben? Scheinbar hatte kein weiterer Patient heute den Weg hierher gefunden. Pünktlich um 14:00 Uhr kam der Priester in einem schwarzen Gewand. „Guten Tag, schön, dass Sie hierher gefunden haben", sprach er seinen einzigen Besucher an. „Sagen Sie mal Herr 'Priester', müssen Sie denn unbedingt Ihren Gottesdienst nur für mich abhalten?" „Warum denn nicht, Sie sind immerhin aus diesem Grund hierhergekommen." „Mir geht es eigentlich nicht um Ihren Gottesdienst, ich wollte eher Ihre Meinung hören." Der Priester stutzte, überlegte kurz und sagte: „Nun gut, sollte aber noch jemand kommen dann werde ich mit meiner Predigt anfangen. Was möchten Sie denn wissen?" Und Thomas erzählte dem Priester von seinem Erlebnis auf der Intensivstation. Sein Gesprächspartner sah ihn sehr ungläubig an. „Dafür, dass Sie mal tot waren, sind sie aber jetzt sehr lebendig. Ich glaube, dass Ihnen Ihr Verstand ein Schnippchen geschlagen hat." „Aber", erwiderte Thomas, "wie ist es denn dann möglich das ich mich als Betrachter über meinem Körper und der geschilderten Situation gesehen habe? Mein Körper lag doch losgelöst von mir selbst, sozusagen unter mir." „Das war sicherlich etwas aus Ihrer Vorstellungswelt. Wenn Sie wirklich tot gewesen wären, dann könnten wir uns jetzt nicht unterhalten. Sie können sicher sein, soweit Sie dem christlichen Glauben angehören, dass Gott sich Ihrer nach Ihrem wirklichen Tod annehmen wird. Und darauf sollten Sie vertrauen." Und mit diesen Worten verabschiedete sich der Priester. Sein Verhalten schien etwas überhastet, denn er täuschte plötzlich eine große Eile vor. Thomas war enttäuscht, er hatte eher eine wirkliche Erklärung für sein Erlebnis erwartet. Sollte das nun wirklich alles seine eigene Einbildung gewesen sein? Jedenfalls kam er so nicht weiter. Der Mediziner und der Geistliche hatten keine wirkliche Antwort. Sollte er jemals einen Menschen finden, der eine nachvollziehbare Antwort auf sein Erlebnis hatte? Aber wer sollte das denn sein? Gab es vielleicht noch andere Menschen, die ein gleiches oder ähnliches Erlebnis gehabt hatten?

Nach gut drei Wochen war Thomas wieder soweit genesen, dass er gleich im Anschluss mit seiner Kur beginnen konnte. In der Zwischenzeit hatte er mit keinem Menschen mehr über sein Erlebnis gesprochen. Er hatte einfach keine Lust mehr, als Spinner und Wichtigtuer wahrgenommen zu werden. Scheinbar war ein solches Thema, das mehr oder weniger mit dem Tod zu tun hatte, ein Tabu. Und alle Erklärungsversuche wurden zusätzlich von Menschen vorgenommen, die selber solch ein Erlebnis nie gehabt hatten. In der Kurklinik hatte man mit ihm bereits eine Sport- und Bewegungstherapie sowie ein Herz- und Kreislauf-Training festgelegt. Morgens ab 06:30 Uhr und im Laufe des Vormittags waren die Anwendungen und Therapien vorgesehen. Am Nachmittag konnte er die freie Zeit für Spaziergänge und kleinere Ausflüge nutzen.

2) Der erste Spaziergang im Kurpark

Thomas setzte sich auf eine Parkbank unter einem großen alten Baum, der gerade heute an diesem sonnigen Tag Schatten spendete. Er beobachtete die Menschen im Park. Ihm fiel auf, dass viele der Parkbesucher offensichtlich gesundheitliche Probleme aufzuweisen hatten. In einem Kurpark schien das aber einfach dazuzugehören, dachte er. „Darf ich mich zu Ihnen setzen?", fragte eine hübsche dunkelhaarige Frau. „Ja gerne", antwortete er. Nach einer Weile sagte sie: „Sie beobachten die Menschen?" „Ja, schon eine ganze Zeit." „Und was empfinden Sie dabei, die vielen Menschen mit ihren Gebrechen wahrzunehmen?" „Zum Glück scheinen ja nicht alle krank zu sein. Aber um Ihre Frage zu beantworten, Traurigkeit und Mitleid." „Vor einiger Zeit hätten Sie diese Empfindungen so nicht gehabt, aber wieso jetzt?" „Wollen Sie mich ausfragen?" „Nein, das will ich nicht. Ich möchte Sie nur mit sich selbst in Verbindung bringen." „Und wie soll das geschehen?" „Ich bin doch ich, was brauche ich da noch eine Verbindung zu mir?" "Diese Ansicht können Sie nur haben, weil Sie in Ihrem bisherigen Leben alles Ihrem Verstand und Ihrem Ego untergeordnet haben. Aber Sie sind mehr als die Summe Ihrer Gedanken und Vorstellungen. Ich wünsche Ihnen noch einen schönen Tag und vielleicht sehen wir uns ja mal wieder." Und mit diesen Worten verabschiedete sich die unbekannte Frau und schlenderte weiter in Richtung Kurhaus. Thomas war überrascht, dass die kurze Unterhaltung so schnell endete. Wer war diese hübsche Frau mit ihrem rätselhaften Wesen und ihren Worten? Er sah ihr noch eine kurze Zeit nach, bis sie aus seinem Blick verschwunden war. Was hatte Sie noch gesagt? 'Diese Ansicht können Sie nur haben, weil Sie in Ihrem bisherigen Leben alles Ihrem Verstand und Ego untergeordnet haben.' Aber wäre sein beruflichs Leben überhaupt so erfolgreich verlaufen, wenn er ohne seinen Verstand gehandelt hätte? Die Aussage von dieser Frau war schon recht eigenartig.

Nach wenigen Minuten, er beobachtete gerade ein Eichhörnchen, das an einem Baum saß, wurde er wieder angesprochen. „Ist auf dieser Bank auch noch Platz für mich?" „Ja, gerne", antwortete er etwas überrascht. Diesmal setzte sich eine ältere Dame so um die 70 Jahre zu ihm. „Wissen Sie", begann sie sofort zu erzählen. „Ich habe vor zwei Wochen eine neue Herzklappe bekommen und bin mir nicht sicher, ob meine Entscheidung, die Rinderklappe zu nehmen, die richtige war. Ich hätte auch lieber die vom Schwein genommen. Ein Bekannter hatte mir zur Rinderklappe geraten, weil er diese auch bei seiner Herzoperation bevorzugt hatte. Und stellen Sie sich vor, ich kann es mir leisten, mich von Professor Fröhlichstein behandeln zu lassen. Die Operation und Behandlung ist nicht ganz preiswert, aber hier wollte ich nicht sparen. Meine Bekannte zum Beispiel…… ." Thomas unterbrach den Redefluss. „Das alles, was Sie mir erzählen, interessiert mich nicht. Ich befinde mich in einer Kur. Und in dieser geht es nur um mich. Was andere Menschen machen oder nicht machen, welche Entscheidungen sie treffen oder nicht treffen, interessiert mich einfach nicht." „Dann eben nicht", antwortete die ältere Dame. Sie stand auf und ging weiter durch den Kurpark auf der Suche nach einem neuen Gesprächspartner. Thomas fand die beiden Gespräche schon recht verrückt. Mit der ersten Gesprächspartnerin hätte er sich gerne länger unterhalten, auch wenn diese ihn indirekt ausfragen wollte. Jedenfalls wäre mit ihr immer ein Dialog möglich gewesen. Doch mit der zweiten Frau war das nicht möglich. Sie wollte sich nur anderen mitteilen, ohne dass sie selbst auch Interesse an einem anderen Menschen bzw. dessen Meinung gehabt hätte. Er kannte den Typ Mensch. Als Ingenieur hatte er immer wieder mit Geschäftsführern zu tun, die diese Verhaltensweisen an den Tag legten. Vielleicht waren sie in der

Gesprächsführung geschickter, nur ein Interesse an seiner Person oder Meinung hatten diese maximal, wenn es um Einsparungen bei Bauprojekten ging. Thomas blieb noch eine Weile auf der Parkbank sitzen und machte sich wieder auf den Rückweg zu seinem Patientenapartment in der Kurklinik.

3) Die Kapelle auf dem Berg

Am nächsten Tag, nach einigen Anwendungen und Gymnastikübungen machte er sich auf den Weg zu einer kleinen Kapelle, die in Sichtweite von seiner Kurklinik lag. Das Klinikpersonal hatte ihm diesen Ausflug empfohlen, da es ein sonniger und wolkenloser Tag werden sollte. Und bei Temperaturen um die 20 Grad war es ein ideales Wanderwetter. Von dort sollte er eine schöne Aussicht auf die Höhenzüge des Schwarzwaldes haben. Thomas spürte den Wind und die Sonne auf der Haut. Und in einem kleinen Wald, den er durchqueren musste, nahm er den Geruch von Moos und Erde sowie frisch geschlagenem Holz wahr. Er erinnerte sich, als Kind das letzte Mal diese Wahrnehmung gehabt zu haben. Ein Kind, das demnach nie ein solches Erlebnis gehabt hatte, würde so etwas auch nicht vermissen können. Und dieser Gedanke machte ihn etwas traurig. Denn er musste bereits als Kind jeden Tag mit Schulaufgaben und Lernen verbringen. Seine Eltern wollten, jedenfalls aus ihrer Sicht, das Beste für ihren Sohn und verlangten ständige Schularbeiten einschließlich der Vorbereitungen auf den Folgeunterricht. Wenn er hier nicht von seiner Oma bei den gemeinsamen Spaziergängen am Sonntag auf diese Welt aufmerksam gemacht worden wäre, dann hätte er jetzt auch keine Erinnerung daran gehabt. Und er, der dieses Erleben bereits aus seiner Kindheit kannte, hatte es in seinem Leben bereits wieder vergessen. Scheinbar war es wohl wichtig, seine Wahrnehmung aufrecht zu erhalten. Denn nur so war ein wirkliches Erleben auch möglich. Natürlich machte er immer wieder eine kurze Pause, da der Anstieg an einigen Stellen doch recht steil ausfiel. Er hatte ja auch Zeit. Mit jedem Schritt kam er höher und höher und somit seinem Ziel näher. Nach gut einer Stunde hatte er die kleine Kapelle erreicht. Er schien heute hier oben wohl alleine zu sein, jedenfalls war kein weiterer Wanderer zu sehen. Ein leichter Wind mit dem Duft von Rosen kam mal leichter dann auch wieder stärker auf ihn zu. Thomas drehte sich in die Richtung, aus der der Wind zu kommen schien. Ihm fiel sofort der Rosenstock links neben der Kapelle auf. Dieser hatte weiße und rosa Blüten. Thomas ging zu dem Rosenstock und nahm abwechselnd eine weiße, dann wieder eine rosa Blüte in die Hand, um den Geruch einzuatmen. Wie lange hatte er das nicht mehr gemacht? Er fühlte sich sehr heimisch und irgendwie angekommen. Er schaute sich weiter um. Die Höhenzüge des Schwarzwaldes waren zur linken und rechten Seite zu sehen. Es war ein wunderschöner Anblick, der auch eine ruhige Ausstrahlung auf ihn zu haben schien.

Bei seiner täglichen Arbeit in seinem Büro war ihm diese Wahrnehmung abhanden gekommen. Der tägliche Rhythmus hatte ihn in seiner Wahrnehmung immer mehr begrenzt. Und auch an den Wochenenden war er immer unter großen Stress in verschiedene Städte gereist, um nach Antiquitäten zu suchen. Aber wirklich zur Ruhe war er nie gekommen. Selbst in seinem Jahresurlaub wollte er jeden Tag die jeweiligen Sehenswürdigkeiten des Landes ansehen und war somit auch im Stress. Und hier auf diesem Berg waren die Aussicht und die Wahrnehmung der Gegebenheiten einfach nur schön und gaben ihm eine große Zufriedenheit. So etwas hätte er vor seiner Herzoperation überhaupt nicht mehr für möglich gehalten. Thomas hatte auch die Angst getrieben, im Alter mit einer zu kleinen Rente seinen Lebensstandard aufzugeben. Somit hatte er immer wieder viele Überstunden angehäuft und sich diese gut bezahlen zu lassen.

Sein Bankkonto gab ihm bisher die Zufriedenheit und Sicherheit. Den Preis, den er hierfür bisher bereit war zu bezahlen, war seine Gesundheit. Jetzt fühlte er sich einfach nur glücklich und zufrieden. Thomas spürte den Wind und die Sonne auf seiner Haut, nahm den Rosenduft wahr und sah auf die Bäume des Schwarzwaldes. Und das schien für ihn völlig ausreichend zu sein, sich zufrieden und glücklich zu fühlen. Von außen hatte er die wunderschönen Mosaikfenster der kleinen Kapelle gesehen. Durch die Sonneneinstrahlung müsste es zu einem wunderschönen Anblick innerhalb der Kapelle kommen. So suchte er die Eingangstür. Sie lag seitlich, links hinter dem Rosenstock. Er griff nach der alten Türklinke und drückte diese nach unten. Schwerfällig öffnete sich die Türe. Thomas trat ein. Zur rechten Seite sah er einen Altar und dahinter so etwas wie einen Schrein. Davor waren Bänke, genauso wie auf der linken Seite des Einganges. Links oben konnte er eine Orgel erkennen. Er ging in Richtung Altar und traute sich nicht, die kleine Absperrung zu überwinden. Innerhalb des Schreines befand sich eine Figur. Es musste sich wohl um eine Marienfigur handeln. Auf dem Arm der weiblichen Figur war ein kleines Kind zu sehen. Diese Figur schien irgendetwas auszustrahlen. Jedenfalls kam es Thomas so vor. Und als Ingenieur, der sein ganzes Leben seinem Verstand mehr als seinen Empfindungen Raum gegeben hatte, war das schon eine recht eigenartige Empfindung. Aber auch sein Erlebnis während seines Herzinfarktes hatte ihn an die Grenzen seines Verstandes geführt. Aber was war es, dass diese wunderschön gearbeitete Figur auf ihn ausstrahlte. Thomas setzte sich in die erste Bank und schaute wie gebannt auf die Marienstatue. Die Mosaikfenster, die er eigentlich betrachten wollte, hatte er ganz vergessen. Er hörte, wie sich hinter ihm die schwerfällige Tür zur Kapelle öffnete. Ihn störte es einfach, dass sich ein weiterer Wanderer oder wer auch immer gerade jetzt hierher verirrt hatte. Die Schritte kamen näher. Und eine Frau setzte sich rechts von ihm, etwa ein Meter entfernt, auch in die erste Reihe. Thomas drehte seinen Kopf nach rechts und schaute die Frau direkt an. „Was machen Sie denn hier?", kam es aus ihm heraus. Es war die unbekannte Frau, die er am ersten Tag im Kurpark kennengelernt hatte. „Erst einmal guten Tag. Wieso sind sie denn so überrascht? In einer Kapelle muss man immer damit rechnen, dass ein Mensch mal vorbeischaut." „Entschuldigen Sie, aber ich war nur etwas überrascht, Sie hier wieder zu sehen." „Hat Sie unser kleines Gespräch denn noch etwas beschäftigt?" „Ja schon. Aber wollen Sie sich nicht gleich neben mich setzen?" „Gerne antwortet die unbekannte Frau". „Was treibt Sie denn hier auf den Berg und in diese Kapelle?" „An sich, nur Sie." Ihm verschlug es die Sprache. „Nach einer kurzen Pause sagte er: „Wegen mir sind Sie hier?" „Ja, natürlich. Was überrascht Sie denn daran?" „Aber warum, sehe ich hilfebedürftig aus, oder haben Sie sich etwa in mich verliebt?" „Nein, wieso sollte ich. Sie sind doch ein Mensch, der stolz ist auf seine intellektuellen Fähigkeiten und dann dabei auch noch das wirkliche Leben und Erleben vergessen hat." „Sie sind ja außerordentlich nett zu mir", erwiderte Thomas. "Sie kennen mich doch nicht wirklich. Aber sagen Sie mal, warum sind sie denn dann gekommen? Und woher wussten Sie das ich hier zu finden bin?" „Zwei berechtigte Fragen, die ich Ihnen auch gleich beantworten werde. Für mich ist es möglich Menschen überall zu finden, denn ich habe auf dieser Welt einen Auftrag. Und zu Ihrer zweiten Frage: Sie können dieser Welt einen großen Dienst erweisen." „Sagen Sie mal, wollen Sie mich auf den Arm nehmen?" „Das ist nicht meine Absicht. Sie haben die Möglichkeit in Ihrer Entwicklung einen großen Schritt zu machen. Und wenn Sie diesen Schritt und diese Möglichkeiten wahrnehmen, hat das wiederum auch eine Auswirkung auf Ihre Umwelt und letztlich auf diese Welt." „Von welchen Schritten sprechen Sie denn?" "Die Schritte, die für sie notwendig sind zu erkennen, wer Sie wirklich sind. Und natürlich, warum Sie auf dieser Welt leben. Ich glaube das alles ist erst einmal zu viel für Sie und Ihren

Verstand. Ich lasse Sie nun wieder allein. Wir werden uns noch einmal wiedersehen. Und bis dahin können Sie noch weiter überlegen, welche Erklärungsmöglichkeiten Ihnen Ihr Verstand für unser Gespräch anbietet und natürlich auch, warum diese Marienfigur auf Sie so eine Anziehungskraft ausübt." Und mit diesen Worten verließ die unbekannte Gesprächspartnerin ihn wieder. Er hörte noch ihre Schritte, als sie sich entfernte und das Schlagen der schwerfälligen Kirchentür, als sie ins Schloss fiel.

Thomas war recht verwirrt. Viele Gedanken gingen ihm durch den Kopf. Was will diese Frau von mir? Und was ist Ihr Auftrag? Mir zu erzählen, wer ich bin, oder mit ihren Worten: wer ich wirklich bin? Ist sie überhaupt normal? Aber wieso hat sie mich hier gefunden? Und woher wusste sie, dass die Marienfigur auf mich eine besondere Ausstrahlung hatte? Und wieso weiß sie, dass wir uns nochmals wiedersehen? Fragen über Fragen. Thomas schaute sich nochmals von seinem Platz aus die Marienfigur an. Sie strahlte auf ihn Ruhe, Gelassenheit und Freude aus. Aber konnten das nicht auch alte Antiquitäten? Nein, kam es ihm in den Sinn. Bei Antiquitäten nahm er die meisterliche Arbeit meist bis ins Detail wahr. Aber das war für ihn eine andere Empfindung. Es war das Wahrnehmen von Ordnung und einer perfekten Handfertigkeit des alten Meisters. Es war die Verwirklichung von Prinzipien anhand eines alten Möbels. Aber was waren dann für ihn die Empfindungen, wenn er ein solches Stück erwerben konnte. Thomas empfand eine tiefe Befriedigung, etwas zu besitzen, das seine Sammlung vervollständigte. Zusätzlich hatte er auch durch das jeweilige Möbel einen Anteil an der Geschichte und Kultur Europas erworben. Also wenn man so wollte, ein Stück Zeit in Holz festgehalten. Ja, es war scheinbar ein Festhalten an alten Dingen um sich seiner eigenen Endlichkeit nicht bewusst zu werden. Nach einigen weiteren Minuten machte er sich auch auf den Rückweg. Das Wahrgenommene und seine Empfindungen bewegte er dabei nochmals in sich. Aber auch das zweite Gespräch mit der seltsamen Frau ließ ihn vorerst nicht zur Ruhe kommen. Und so ging er zielstrebig den Berg wieder hinunter und war so von seinen Gedanken gefangen, dass er nicht mehr den Geruch von dem frisch geschlagenen Holz wahrnahm.

4) Es geht um Sie persönlich

Am nächsten Vormittag machte er sich auf, um in der nahen Stadt des Kurortes einige Besorgungen zu erledigen. Er war ganz in Gedanken, als ihn eine Frauenstimme ansprach. „Wie geht es Ihnen heute nach unserem gestrigen kleinen Gespräch?" „Ah, Sie sind das. Sagen sie mal, verfolgen sie mich?" „Nein, das habe ich nicht nötig. Wenn wir uns treffen sollen, dann treffen wir uns. Und wenn es so nicht sein soll, dann treffen wir uns nicht." „Und wer bestimmt, ob wir uns treffen? Der Zufall?" „Sicher nicht", antwortete die Unbekannte. Haben Sie Lust auf eine gute Tasse Tee dort vorne in dem Café? Dort können wir uns etwas ausführlicher unterhalten. Und ich verspreche Ihnen, Sie nicht so schnell wieder zu verlassen, jedenfalls nicht, bevor ich meine Rechnung bezahlt habe." „Na, gut. Dann lassen Sie uns doch am besten draußen vor dem Café sitzen." „Ich schlage Ihnen einen Fensterplatz im Innern des Cafés vor, denn es wird gleich regnen." „Aber die Sonne scheint doch und der Wetterbericht…" „Tun sie mir den Gefallen, setzen wir uns rein." Thomas gab nach. Und so setzten sich die beiden an ein Fenster des Cafés. Und nachdem sie bestellt hatten, stellte seine Gesprächspartnerin ihre erste Frage: „Haben Sie sich mal Gedanken über diese Welt gemacht?" „Wie meinen Sie das?" „Über diesen Schmetterling zum Beispiel? Dabei zeigte sie mit dem Zeigefinger auf einen Schmetterlingsstrauch unterhalb des Fensterplatzes, auf dem ein gelber Schmetterling auf einer Blütendolde saß. Oder über die Frage: Wo kommt das Leben auf diesem Planeten her?" „Das weiß ich nicht, ich denke aber dass alles Leben Zufall ist." „Somit sehen Sie sich also als zufällige Erscheinung auf dieser Welt an?" „Ja, schon. Ich lebe eine bestimmte Zeit und danach ist alles zu Ende." „Und wie vertreiben Sie sich die Zwischenzeit zwischen Ihrer Geburt und Ihrem Tod?" „In dem ich viele Reisen mache, gut lebe und eine Vorliebe für Antiquitäten habe". „Und was machen Sie während der Reisen?" „Gut essen, mir Sehenswürdigkeiten anschauen und alles, wozu ich Lust habe." „Und hat der Begriff Gott in Ihrem Leben dann überhaupt einen Raum?" „Nein, so etwas gibt es meiner Meinung nach nicht. Das ist nur eine Erfindung der Menschen um Macht über andere Menschen auszuüben. Glauben sie denn nicht auch, dass ein Gott eingegriffen hätte, um Kriege zu verhindern, wenn es ihn wirklich gäbe?" „Sie schließen also von dem Verhalten einzelner Menschen auf Gott. Also, weil es Menschen gibt, die aus Ihrer Sicht Böses oder Unverantwortliches tun, muss die gesamte Schöpfung von Ihnen infrage gestellt werden. Haben Sie auch schon einmal darüber nachgedacht, dass es Menschen gibt, die bisher viel Gutes getan haben, zum Beispiel Mutter Teresa. Sie hat auch eine Lebensaufgabe angenommen, die viel Positives in diese Welt gebracht hat. Und sie hat selbstlos gehandelt und davon gesprochen, dass Gott immer ihr Begleiter war. Den Gott, den Sie nicht wahrnehmen wollen und somit auch nicht können. Ihre Einstellung und Sichtweise ist sehr arrogant. Sie zahlen einen hohen Preis dafür." „Was für einen Preis denn?" „Dass Sie die Wahrnehmung dieser einzigartigen Welt verloren haben. Hinzu kommt noch die ständige Angst, nicht genug gelebt zu haben und besonders die vor Ihrem Tod." "Das ist aber harter Tobak, was Sie mir da alles erzählen", erwiderte Thomas. „Wenn es Sie nachdenklich und betroffen macht, dann ist ja auch eine gewisse Wirkung meiner Worte eingetreten. Sie haben selbstverständlich den freien Willen so weiter zu leben wie bisher, oder Ihre Sichtweise zu verändern. Die Grenzen

Ihrer Wahrnehmung bestimmen Sie selbst, übrigens wie jeder Mensch auf der Welt. Sie können entscheiden ob Sie mit dem Licht einer Taschenlampe oder dem Licht der Sonne durch Ihr Leben vorangehen." Thomas schaute nachdenklich aus dem Fenster. Die ersten Regentropfen waren bereits gefallen. Woher wusste diese Frau, dass es regnen sollte. Konnte Sie etwa hellsehen oder so etwas Ähnliches. „Aber was mich noch interessiert", setzte sie das Gespräch fort, "haben Sie gestern noch herausbekommen, welche Ausstrahlung diese Marienfigur auf Sie hatte?" „Ja, wenn ich mich recht erinnere, war es Ruhe und Gelassenheit. Und natürlich auch so etwas wie Freude." „Das haben Sie gut erkannt. Sie strahlt aber noch etwas Weiteres aus. Gehen Sie ruhig nochmals hin und lassen Sie sich überraschen." „Sagen Sie mal, Sie sind irgendwie anders als andere Frauen. Ich bin mir nicht so richtig klar, was bzw. wer Sie sind. Haben Sie auch einen Namen?" „Jeder Mensch hat einen Namen und meiner ist Maria. Und Ihrer ist Thomas." „Woher wissen Sie das denn? Und woher wussten Sie, dass es heute noch regnet?" „Es macht Sie nachdenklich, dass es einen Menschen gibt, der nicht so in Ihr normales und angedachtes Schema passt. Und Sie versuchen über Ihren Verstand, nun eine Erklärung zu finden." Maria trank einen großen Schluck Tee und setzte die Tasse behutsam und achtsam auf die Untertasse zurück. Thomas war das alles nicht verborgen geblieben. Diese Frau schien wirklich Stil zu haben, neben ihrer Kleidung und ihrem perfekten Aussehen nahm er so etwas wie eine starke Ausstrahlung wahr. Ja, es schien so etwas wie Charisma zu sein. „Das mit dem Regen braucht Sie nicht zu interessieren. Nun zu Ihrer Frage: woher ich Ihren Namen weiß. Ich hatte Ihnen gestern gesagt, dass ich einen Auftrag auf dieser Welt habe. Dieser Auftrag besteht darin, Menschen wie Dich Thomas zu unterstützen. Ich darf doch Thomas sagen?" Er nickte und wollte Maria nicht unterbrechen. "Es geht darum, dass viele Menschen ihr wirkliches Potenzial nicht kennen, noch sich bewusst sind, wer oder was sie wirklich sind. Und da Du, zurzeit über Dein Leben nachdenkst, soll ich Dir eine kleine Hilfestellung geben." "Und wer hat Dir diesen Auftrag erteilt?" "Das wirst Du noch selbst herausfinden. Jedenfalls biete ich Dir meine Hilfe an, Dich in allen Fragen zu Deinem Leben, soweit sie Deiner Entwicklung dienen, zu unterstützen. So, das wäre es für heute. Wenn Du willst, können wir uns ja noch mal treffen. Willst Du denn?" Thomas überlegte einen Moment. Es war schon eine recht gegensätzliche Sichtweise der Dinge, die diese Frau so hatte. Auf der anderen Seite hatte ihn die Neugierde gepackt. Wer versteckte sich hinter dieser sehr hübschen weiblichen Erscheinung. Was war sie für ein Mensch? „Ja gerne, dann lass uns morgen hier im Café nochmals treffen. So gegen 15:00 Uhr." „Einverstanden." Und damit verabschiedeten sich die beiden voneinander. Auf dem Weg zurück zur Kuranstalt fiel ihm auf, dass er nur den Vornamen seiner Gesprächspartnerin erfahren hatte. Nach dem Abendessen ging Thomas auf sein Zimmer. Er öffnete eine Flasche Rotwein und legte eine DVD von Mozart auf. Auf seinem kleinen Balkon schaute er in den immer dunkler werdenden Kurpark. Er war sehr nachdenklich geworden. Was machte sein Leben aus? Was war nun das Leben, und welchen Sinn sollte es für sein Leben geben. Musste nicht jeder Mensch selbst den Sinn seines Lebens festlegen, so wie er auch seinen Beruf selbst festgelegt hatte. Was hatte es für einen Sinn alte Dinge zu sammeln? Wäre so etwas der 'Sinn des Lebens.' Seine weise Bekanntschaft wüsste sicherlich auch dazu etwas zu berichten.

Am Folgetag war Thomas während seiner Turn- und Gymnastikübungen mit seinen Gedanken bereits bei Maria. Diese Frau, die einfach anderes war bzw. schien, als alle Frauen, die er bisher in seinem Leben kennengelernt hatte. Er war sich nicht ganz sicher, ob er sich vielleicht auch verliebt hatte oder nur etwas aufgeregt war. Jedenfalls konnte er es kaum erwarten, dass es 15:00 Uhr wurde.

5) Das zweite Treffen im Café

Pünktlich kam er zu dem bekannten Café des Ortes, das auch berühmt für seine süßen Köstlichkeiten war. Im Garten vor dem Café sah er bereits seine Gesprächspartnerin sitzen. „Hallo Maria" „Hallo Thomas", gegrüßten sich die beiden. „Heute sollten wir hier draußen bleiben. Es wird ein schöner sonniger Nachmittag werden." Thomas schaute Maria erfreut an. Und er begann die Unterhaltung: „Ich habe den Eindruck, nach unseren bisherigen Gesprächen, dass Du Dich selbst schon mit Deinem Leben und dem Leben der Menschen beschäftigt hast. Und scheinbar gibt es wohl nichts, was Du in diesem Zusammenhang nicht weißt." "Du hast recht, Thomas. Aber ich weiß auch nur so viel, wie gerade für meine jeweilige Aufgabe notwendig ist. Somit mit Sicherheit nicht alles." „Ich möchte Dir von einem Erlebnis erzählen, dass ich vor einigen Wochen hatte, und bin gespannt, welche Erklärung Du dafür hast." Und nachdem die beiden etwas bestellt hatten, erzählte Thomas von seinem Erlebnis während der von ihm wahrgenommenen Wiederbelebung. „Hast Du dafür eine Erklärung?" „Ja, schon. Aber was beschäftigt Dich denn so daran?" „Ich habe etwas erlebt, das ich so nicht für möglich gehalten habe." „Du müsstest ehrlicherweise sagen, was Dein Verstand nicht für möglich gehalten hätte. Viele Menschen verwechseln ihren Verstand mit ihrem Selbst." „Was verstehst Du denn unter dem *Selbst*?" „Thomas! Nicht Dein Ego. Dein Ego resultiert aus Deinem Verstand. Dein Selbst ist *Dein göttlicher Kern*, manche Menschen bezeichnen diesen auch als Seele. Und die Wahrnchmung Deines Erlebnisses zeigt Dir, dass Du nicht Dein Körper und auch nicht Dein Verstand bist." „Aber habe ich denn noch einen weiteren Körper, Maria?" „Ja, in dem hast du Dich befunden, als Du Dein eigener Beobachter warst. Es ist ein Körper aus einer feinstofflichen Substanz, wie ihn jeder Mensch besitzt. Du bist mehr als Du bisher für möglich gehalten hast." „Und warum bin ich nicht gestorben?" „Die Beantwortung dieser Frage musst Du selbst herausbekommen." „Hat das etwas mit Dir zu tun?" „Nicht direkt. Ich habe nicht die Möglichkeit, Einfluss in einer solchen Angelegenheit zu nehmen." „Und indirekt?" „Indirekt schon, weil ich den Auftrag bekommen habe, Dich zu unterstützen." "Und wer gibt Dir einen solchen Auftrag?" "Wie ich Dir bereits schon einmal gesagt habe, das musst Du selbst herausfinden." "Könnte es nicht sein, dass Du Dir das nur einbildest, einen Auftrag zu haben?" „Thomas, Dein Verstand kämpft gerade und sucht eine logische Erklärung. Ich gebe Dir und allen Lesern eine wichtige Unterscheidungsmöglichkeit. Wenn sich jemand etwas einbildet, zum Beispiel Menschen zu einer bestimmten Religion zu bekehren oder von einer Sache zu überzeugen, dann spielt das Ego dabei eine große Rolle. Das bedeutet, dass sich der Mensch besser fühlt und der Meinung ist, Großes zu leisten und Bewunderung und Ehrungen von anderen Menschen genießt. Es kann auch sein, dass er der Meinung ist vor Gott Großes getan zu haben und somit nach seinem Tod die Ernte einfahren kann. In diesen genannten Beispielen wird eine Vorstellung, oder wie Du sagst Einbildung genommen, um das eigene Ego zu erhöhen. Die Sache mag gerecht und sinnvoll sein, nur das wirkliche Ziel bei all diesen Vorstellungen bleibt das eigene Ego. Ich, Maria, unterstütze Dich, aber nur, wenn Du willst. Du hast den freien Willen wie jeder Mensch auf dieser Welt, Dich mit Dir zu beschäftigen oder nicht. Ich persönlich habe nichts davon, ob Du Dich auf den Weg begibst oder es einfach sein lässt. Meine Aufgabe ist neutral. Ich habe weder Vorteile noch Nachteile, noch fühle ich mich als etwas Besonderes Dir oder anderen Menschen gegenüber. Ich will weder Dich noch andere Menschen bekehren oder Macht ausüben, noch verlange ich Geld oder ziehe einen anderen Vorteil für mich aus meinem Auftrag. Dabei bin ich ein ganz normaler Mensch, der sich in seinem Leben auf die eigene Suche gemacht hat.

Ich habe mich nie mit Erklärungen oder Worten zufriedengegeben, die ich in den verschiedenen Religionen gefunden oder gehört habe. Ich wollte immer selber erfahren, was das Leben ist, bzw. wer oder was Gott ist. Und das ist der einzige Unterschied zu Dir und den meisten anderen Menschen. Und durch meine eigene Suche habe ich das gefunden, was ich gesucht habe. Und nun habe ich seit einigen Jahren den Auftrag Menschen wie Dich in ihrer Entwicklung zu fördern und zu unterstützen. Und auch ein solcher Auftrag hebt mich nicht über einen anderen Menschen. Ich tue es, weil es getan werden muss." Thomas war sehr beeindruckt von Marias Erklärung. Gibt es wirklich Menschen, die etwas tun, ohne daraus einen Nutzen zu ziehen? Er dachte an ein Kloster. Aber auch dort war doch letztlich der Wunsch sein Leben für einen Gott aufzuopfern. „Maria, ich glaube Dir das nicht". "Warum, denn?" "Weil doch selbst in einem Kloster die jeweiligen Brüder oder Schwestern ihr Leben einbringen, um einen Vorteil gegenüber ihrem Gott zu erzielen." „Thomas, es kommt immer auf den einzelnen Menschen an. Wenn es der wirkliche Auftrag ist, in einem Kloster sein Leben zu leben, dann ist es richtig. Denke mal an Mutter Teresa. Wenn es nur ein Gedankengebilde ist, das der Mensch lebt, dann wird er Probleme mit sich selbst und seiner ausgedachten Aufgabe bekommen. Übrigens kann auch ein Mensch Schreiner werden und somit seinen wirklichen Beruf und somit seinen Auftrag ausüben. Es gibt keine kleinen oder großen Aufgaben. Alle sind gleich wichtig." "Das hört sich für mich nach einer großen Gemeinschaft an, Maria." „Ja, so ist es auch. Und das gilt für alle Menschen auf dieser Welt. Wenn jeder seinen Beruf nach seinen wirklichen Begabungen wählen würde, dann hätten wir eine andere Welt. Für heute denke ich, wird es erst einmal genug sein. Bewege die Worte von mir nochmals in Dir." Und so verabschiedeten sich die beiden voneinander. Maria zahlte und Thomas wollte noch eine Weile sitzen bleiben. „Sehen wir uns morgen wieder, Maria?" „Wir werden uns wiedersehen, wenn es notwendig ist. Treffe erst einmal für Dich eine Entscheidung." "Was für eine Entscheidung?", fragte er etwas verwirrt." „Du wirst es heute noch selbst herausbekommen."

Nun saß Thomas wieder alleine im Garten des Cafés. Die Sonne schien warm auf seine Haut. Er empfand diesen Tag als einen besonderen Tag in seinem Leben. Aber eine wirkliche Erklärung für diese Empfindung hatte er nicht. Und zusätzlich gingen ihm viele Gedanken durch den Kopf. Wenn er bereits gestorben wäre, hätte er über sein Erlebnis mit anderen Menschen nicht mehr sprechen können. Er hätte auch Maria nicht kennengelernt. Und er wüsste auch nicht, dass es Dinge im Leben gab, die mit dem normalen Verstand nicht zu erklären waren. Scheinbar war es so, dass er einen Aufschub für sein Leben bekommen hatte, um mit den gemachten Erfahrungen neue Werte und neue Ziele zu finden. Aber was machte sein Leben aus? Worin lag für ihn bisher der Sinn in seinem 56jährigen Leben? Thomas überlegte. Es war seine berufliche Tätigkeit, der Bau seines Hauses und das Sammeln von alten Antiquitäten. Und natürlich sein Bankkonto, um seinen Lebensabend finanziell gut abzufedern. Auch seine alten Gegenstände konnte er im Alter immer noch verkaufen, um eine zusätzliche Geldquelle zu haben. Seine Lebensplanung bzw. seinen Sinn, dem er seinem Leben beigemessen hatte, war auf Sicherheit und Vorsicht ausgelegt. Alles, was er bisher gemacht hatte, musste immer einen Nutzen haben. Sein bisheriges Leben war eher statisch gewesen. Er hatte es von Anfang bis Ende geplant. Einem Risiko war er immer aus dem Weg gegangen. Und das Leben wahrzunehmen, wie er es bei seinem Besuch der kleinen Kapelle auf dem Berg erlebt hatte, war von ihm in Vergessenheit geraten. Und nun war er auch noch gesundheitlich angeschlagen. Mit den Medikamenten und regelmäßigen Arztbesuchen konnte er recht alt werden, hatte ihm jedenfalls der Professor mit auf den Weg gegeben. Aber hatte er bisher wirklich gelebt? Und was machte das Leben wirklich aus? Und so bezahlte er seine Rechnung und begab sich auf den Rückweg in die Kurklinik.

Nach dem Abendessen setzte sich Thomas wieder auf seinen Balkon. Bei einem guten Glas Rotwein schaute er sich den Sonnenuntergang über dem Kurpark an. Der Himmel war am Horizont rötlich und gelb gefärbt. Ein wunderbarer Anblick, der für ihn die Schönheit der Natur unterstrich. Heute war ihm gar nicht danach, auch eine CD mit klassischer Musik einzulegen. 'Ich muss etwas ändern', dachte er. Aber was? Ja, er wollte zukünftig bewusster leben. Denn seine Wahrnehmung, die der Welt und seiner Selbst, war durch seine Erlebnisse eine andere geworden. Jedenfalls war in ihm die Neugierde geweckt, mehr über den Sinn und besonders seinen persönlichen Sinn für sein eigenes Leben zu erfahren. Ob Maria wohl mehr dazu sagen konnte? Und welche Entscheidung sollte er heute noch treffen? Thomas überlegte weiter. Es war die Entscheidung, seinem Leben eine andere Richtung zu geben. Die Entscheidung, sich selbst auf die Suche nach einem Gott, oder besser gesagt nach dem Ursprung aller Dinge zu machen. Das war es, was Maria gemeint hatte. Gleich morgen nach seinen Anwendungen wollte er nochmals zur Kapelle. Dort musste die Marienfigur noch etwas Weiteres ausstrahlen, wie Maria ihm gesagt hatte. Was es wohl war? Vielleicht war es ein weiterer Schlüssel zu seiner Person.

6) Der zweite Besuch in der Kapelle

Auch heute ließ sich Thomas für den Aufstieg zur Kapelle die notwendige Zeit. Warum sollte er auch in seine alten Verhaltensmuster verfallen, die ihn zu seinen Herzproblemen und letztlich zu der Herzoperation gebracht hatten. Und so machte er immer wieder Pausen, genoss die Aussichten und beobachtete die Natur. Er nahm die vielen verschiedenen Schmetterlinge unterwegs wahr, genauso wie das Plätschern der kleinen Bäche auf seinem Weg durch den Wald. Die unterschiedlichen Gerüche des Waldes, die der Wind in seine Richtung immer wieder trieb, bewirkten in ihm ein Gefühl des Glücks und der Zufriedenheit. Oben angekommen setzte er sich erst einmal auf eine Bank. Auch heute schien die Sonne und an dem wolkenlosen blauen Himmel sah er am Horizont die Bergkette der Vogesen. Irgendwie erschien es ihm, dass die grünen Farben der Schwarzwaldkiefern heute besonders kräftig waren. Nach einigen Minuten Pause ging er zu der Eingangstür. Heute war sie für Besucher einladend geöffnet, sodass er die schwere Klinke erst gar nicht berühren musste. Thomas trat in die Kapelle ein. Er nahm den Geruch von Weihrauch wahr. Den Geruch mochte er sehr. Auf seinen Reisen hatte er sich immer für die Bauweise der großen und kleinen Kirchengebäude interessiert und persönlich besucht. Wenn auch nur aus beruflichen und bautechnischen Gründen. Somit kam ihm der Geruch gleich bekannt vor. Auch heute Mittag war er wieder allein in der Kapelle. Er schritt langsam und bedächtig in Richtung Altar. Hinter dem Altar stand die wunderschöne Marienfigur in einem Schrein. Thomas setzte sich. Was strahlte diese Figur aus, bzw. was empfand er? Wie beim ersten Besuch hatte Thomas die Empfindungen von Ruhe, Gelassenheit und Freude. Thomas schaute weiter konzentriert auf die Marienfigur. Er nahm nach einigen Minuten seine Umwelt nicht mehr wahr. Er schien mit der Figur zu verschmelzen. Er war eins mit sich, der Figur, ja sogar mit der kleinen Kapelle. Alles schien nur noch eins zu sein. Alles war somit in allem enthalten.

Thomas saß immer noch auf der Bank als er sich wieder im Hier und Jetzt befand. Er hatte auch kein Zeitgefühl für sein Erlebnis. Er konnte nicht sagen, wie lange er bereits auf der Kirchenbank gesessen hatte. Was war das nun schon wieder für ein Erlebnis? Waren das alles wirklich reale Empfindungen gewesen? Scheinbar hing alles irgendwie zusammen. Er war Bestandteil der Welt und auch die Marienfigur und die Kapelle waren für ihn weitere Bestandteile, mit denen er eine Verbindung hatte. Für einen Außenstehenden war das sicherlich so nicht nachvollziehbar. Genauso wie mit seinem Erlebnis auf der Intensivstation des Krankenhauses. Aber er hatte diese Erfahrung gemacht und somit war sie auch für ihn real gewesen. Was aber strahlte die Marienfigur dann noch aus? Ja, es war Liebe. Eine Liebe zu ihm und zu den Dingen auf dieser Welt. Eine Empfindung, die ihm Tränen in die Augen getrieben hatte. Es war für ihn das beeindruckendste Erlebnis seines Lebens gewesen. Thomas hatte das letzte Mal als Kind geweint. Nur jetzt kam es einfach über ihn. Er war einfach überwältigt von seinen Gefühlen und der empfundenen Liebe.

„Das was Du empfunden hast, war Liebe. Eine Liebe, die die meisten Menschen noch nie gefunden haben, weil sie sich bisher nicht auf die Suche gemacht haben." Thomas war überrascht, Marias Stimme hinter sich zu hören. „Hast Du mit dieser Empfindung zu tun gehabt?" „Nein, es war nicht meine Liebe. Die Menschen untereinander kennen diese Art von Liebe nicht. Du kannst Sie nicht bestellen, kaufen und auch nicht festhalten. Sie kommt Dir als Gnade zu." „Und wer entscheidet dann darüber, ob ich sie erhalte?" „Weißt Du das immer noch nicht?" „Meinst Du damit Gott, Maria?" „Bekomme es selbst heraus. Bleibe am besten noch eine Weile sitzen und lasse Deine Eindrücke und Empfindungen nachwirken. Wir sehen uns morgen im Kurpark. Ich werde da sein, wenn Du da sein wirst." Und so saß er noch eine gute Stunde allein auf der Bank. Und eigenartigerweise sollte in dieser Zeit auch kein weiterer Besucher in die Kapelle kommen.

Thomas kehrte sehr nachdenklich und zugleich noch etwas aufgeregt von seinem heutigen Erlebnis in die Kurklinik zurück. Er setze sich wie jeden Abend, soweit das Wetter es zuließ, auf seinen Balkon. Auch heute war ein schöner Sonnenuntergang am Himmel zu sehen. Thomas hatte den Eindruck, dass nun sein Leben vollständig auf den Kopf gestellt worden war. Was war er wirklich? Ein Mensch, der nur seine 'normale menschliche Wahrnehmung' besaß, oder war da noch mehr? War das alles heute Zufall oder Einbildung gewesen? Beide Erlebnisse zusammengenommen, haben mir neue Möglichkeiten der Wahrnehmung aufgezeigt und zusätzlich mein Bewusstsein verändert. Und das alles kann mein Verstand nicht erklären. Es gibt somit Dinge, die für meinen Verstand nicht erklärbar oder nachvollziehbar sind. Wenn ich nicht Maria kennengelernt hätte, wüsste ich nicht um die Bedeutung dieser Erlebnisse. Und jeder halbwegs 'normale' Mensch würde mich nicht verstehen können und als Spinner abtun. Aber was steckte nun wirklich dahinter? Worin lag der Sinn? Mir aufzuzeigen, welche Möglichkeiten mir zur Verfügung stehen? Steckt dahinter der liebe Gott, wie er im Christentum bezeichnet wurde? Und was ist dann Gott? Maria wusste sicherlich mehr. Und morgen sollten sie sich ja auch wieder treffen. Und so schlief er auf seinem Balkonsessel ein und wurde erst am frühen Morgen durch die vielen Vogelstimmen aus dem Kurpark geweckt.

7) Der neue Tag

Thomas begann den nächsten Tag sehr nachdenklich. Er hatte den Eindruck, dass sein Leben scheinbar auf den Kopf gestellt worden war. Er sah von seinem Frühstücksraum in der Klinik geradeaus auf die Höhenlagen vom Schwarzwald. Auch heute war ein wunderschöner Tag angebrochen. Die ersten Sonnenstrahlen schienen direkt auf seinen Tisch. Irgendwie leuchteten die Farben der Natur besonders, so wie er es auch am gestrigen Tag auf dem Berg erlebt hatte. Er hatte den Eindruck die Welt mit neuen Augen zu sehen. Auch wenn es etwas eigenartig für den Leser klingen mag, er hatte jedenfalls diesen Eindruck. Seine Kur sollte nun noch gute zwei Wochen dauern. Das ergab die Möglichkeit mit Maria noch viele Gespräche zu führen, so dachte er. Heute wollte und sollte er sie wieder im Kurpark treffen.

Und so geschah es dann auch am Nachmittag. Thomas suchte unter einer alten Eiche Schatten und traf dort auf Maria auf der Parkbank sitzend. „Hallo Thomas. Wie Du siehst, hast Du mich heute gefunden." „Das war aber nur Zufall, Maria." „Du glaubst noch an Zufälle?" „Ja, schon." „Da irrst Du aber gewaltig. Ein Weiser lässt sich nicht suchen, er lässt sich nur finden. Wie ist es Dir in der Zwischenzeit ergangen?" "Gut Maria, ich fühle mich irgendwie wie neu geboren." "Gewissermaßen hast Du damit auch recht. Welche Frage zu Deinem Leben beschäftigt Dich denn zurzeit am meisten?" „Es ist nicht eine, es sind mehrere. Im Wesentlichen hängen alle meine Fragen mit meinem persönlichen Lebenssinn zusammen. Warum sammele ich zum Beispiel Antiquitäten? Es macht mir wohl Freude sie zu besitzen. Aber was ist nach meinem Tod? Meine Sammlung wird dann sicherlich von den Erben aufgelöst und in alle Winde verstreut werden." „Das, was Dich Thomas beschäftigt, ist die Vergänglichkeit. Und um diese Vergänglichkeit Deines Lebens auf der Erde nicht zu spüren bzw. Dich nicht mit ihr auseinander zu setzen, hast Du wie viele andere Menschen auch, einen Ausgleich gesucht. Das ist der Grund, warum Menschen Dinge sammeln, Häuser bauen, besondere Autos fahren, oder immer neue sportliche Herausforderungen suchen. Es ist ein Verdrängen der Tatsache, irgendwann einmal diese Welt wieder verlassen zu müssen. Und solange diese Tatsache verdrängt wird, ist der Weg zum Erkennen seiner Selbst erst einmal verbaut. Betrachte die Dinge auf dieser

Welt einfach als Spielsachen der Menschen. Und alle diese Spielsachen sind den Menschen für eine bestimmte Zeit überlassen. Das wahre Wesen, welches Du darstellst, solltest Du in den Mittelpunkt deines Lebens stellen." „Maria würdest Du mir denn anraten, jeden Sonntag in die Kirche zu gehen?" „Es kann durchaus hilfreich sein, dort hinzugehen. Aber Vorsicht. Es reicht nicht aus, sich eine Predigt anzuhören. Das bringt Dich und diese Welt nicht wirklich weiter. Beschäftige Dich doch selbst mit Deinen Fragen zu Deinem Leben. Und gehe doch dann mal, unabhängig von einer Messe, in eine Kirche um inne zu halten. Suche selbst den Weg zu Gott." „Aber ist denn nicht auch die Religion wichtig, der man angehört? Gibt es denn nicht auch falsche Religionen, Maria?" „Betrachte die Religionen nicht als richtig oder falsch. Es gibt verschiedene Wege, die zu Gott führen. Eine Religion, die sich als die einzig Richtige ansieht, irrt gewaltig. Es gibt nur einen Ursprung bzw. Gott für alle Menschen auf diesem Planeten. Thomas überlegte. „Sag mal, Maria: Ich habe meinen Ingenieurberuf immer gerne gemacht. Ich war sehr erfolgreich und bin nun letztlich krank geworden. Müsste denn ein Beruf, den man gerne macht und der seinen Veranlagungen entspricht, nicht das Gegenteil bewirken. Du hast mir mal etwas von einer Berufung erzählt und die Wichtigkeit des richtigen Berufes für einen selbst und diese Welt zählt" „Das mag schon sein, Thomas. Du hast den richtigen Beruf für Dich gewählt. Übrigens haben Menschen sehr oft verschiedene persönliche Veranlagungen für eine Berufswahl, sodass auch mehrere Berufe möglich wären. Nur hast Du in Deinem Fall, Deinen Einsatz übertrieben. Darum bist Du krank geworden. Das eigentliche Problem liegt darin, dass Du, sowie die meisten Menschen, nur die sichtbare Welt als real ansiehst. Und um in dieser scheinbar realen Welt seine Existenz zu sichern, oder auch um Bewunderung und Ehrungen zu erhalten, vergessen sie ihr wirkliches Wesen. Die Menschen müssen den Vorhang beiseiteschieben, um sich selbst zu erkennen." „Und wie macht man so etwas, Maria?" „Zum einen gibt es Erlebnisse so wie Du sie gehabt hast. Eine weitere Möglichkeit ist der Kontakt mit einem 'Geburtshelfer'. Im Wesentlichen ist es aber wichtig, selbst den Wunsch zu haben, zu erkennen, wer man wirklich ist. Und mit diesem Wunsch kannst Du Dich selbst an unseren Ursprung wenden. Bitte um Erkenntnis! Es ist die wichtigste Bitte, die Du stellen kannst." „Aber kann ich das auch selbst?" „Warum denn nicht? Jeder Mensch kann das. Erinnere Dich daran, wir alle haben den gleichen Ursprung. Und jeder Mensch ist gleichwertig vor Gott. Warum sollte es denn nur der eine und nicht der andere dürfen. Diese Welt steht vor großen Herausforderungen. Jeder Mensch ist wichtig, diese Welt zu verändern. Aber nicht aus eigensüchtigen Gründen wie Ehrungen, Macht oder Geld zu erhalten. Es geht um die Gesamtheit und das Wohl aller Lebewesen. So wie Du ein Teil dieser Welt bist, so sind alle Menschen Teil des Ganzen." „Aber Maria, was ist denn nun der wirkliche Sinn meines Lebens auf der Erde?" „Zum Teil weißt Du es bereits. Es ist zum einen, die Rückbesinnung auf Dein wirkliches Wesen und somit zu Gott. Und einen Beruf zu wählen, der Dir entspricht und diese Welt positiv beeinflusst. Und vieles, wofür Du Dir in Deinem bisherigen Leben keine Zeit genommen hast." „Das verstehe ich nicht ganz", meinte Thomas. "Was genau meinst Du damit, *'wofür ich mir keine Zeit genommen habe'*? „Zum Beispiel für die Liebe und Wahrnehmung zu einem Menschen, zu den Menschen im Allgemeinen oder auch zur Schönheit und Natur dieses Planeten. Es geht um Erfahrung und Wahrnehmung. Das Leben war mal als Spiel von Gott angedacht. Die Menschen sollten Rollen spielen, als Vater und Mutter, in ihren Berufen und in verschiedenen Lebenssituationen. Nur haben die Menschen dann Ihre Rollenspiele übertrieben. Meist aus egoistischen Gründen und weiteren niedrigen Beweggründen. Sie wollten einen Status haben, Anerkennung und Ehrungen erhalten, materielle und persönliche Macht über andere ausüben und vieles mehr. Und darum haben wir diese Welt, wie sie sich heute für die Menschen darstellt. Und daraus ist dann auch das Leid für die Menschen entstanden. Wenn alle Menschen sich klar wären, wer sie wirklich sind dann hätten wir eine andere Welt." 'Das also sollte der Sinn des Lebens sein', dachte Thomas. „Du siehst so aus, als ob Du mir nicht glauben willst." „Ich bin nur etwas überrascht." „Es ist alles recht einfach und nicht kompliziert, wie es sich die Menschen oftmals ausmalen. Nun können wir über das Thema sprechen, weil in Dir der Vorhang etwas zur Seite gezogen wurde. Der größte Teil der Menschen, ob sie sich nun als religiös bezeichnen oder nicht, hat sich darüber kaum Gedanken gemacht. Die Religionen vermitteln leider sehr oft die Kleinheit und Minderwertigkeit der Gläubigen. Da gibt es dann einen Gott, der weit weg ist, und/oder nur die Priester oder Religionsführer nehmen in Anspruch, den direkten Kontakt zu haben und wissend zu sein. Und nochmals: Es gibt keinen Unterschied zwischen den Menschen, alle haben den gleichen Ursprung. Und jeder hat eine Aufgabe, wobei jede Aufgabe gleichwertig vor Gott ist. Das ist und bleibt die Wahrheit." Thomas war beeindruckt. „Ich sehe, ich sollte Dich erst mal wieder allein lassen. Bewege meine Worte in Dir. Wir werden uns morgen zum letzten Mal sehen. Wenn Du also noch eine Frage haben solltest, dann stelle Sie morgen." „Aber Maria, ich habe doch noch einige Wochen Zeit, hier in der Kurklinik. Warum können wir uns denn nicht noch öfter sehen und unterhalten." „Es ist so vorgesehen, Thomas." Und mit diesen Worten verabschiedete sich Maria. Er war recht aufgewühlt. Viele Gedanken gingen ihm durch den Kopf. Wer sollte denn seine Fragen auch weiterhin beantworten können? Gab es vielleicht noch andere Menschen, die neben Maria diese Möglichkeit hatten? Jedenfalls schlief Thomas in dieser Nacht sehr schlecht. Irgendwie hatte er das Gefühl wieder allein gelassen zu werden.

8) Abschied von Maria

Wie auch an den vorherigen Tagen war es gegen 14:00 Uhr, als sich die beiden in dem kleinen Ort, nahe der Herzklinik trafen. Thomas wollte einige Postkarten kaufen, um diese im Laufe des Tages zu schreiben. Maria fand ihn wie immer. Und beide gingen zu einer Parkbank, von dort hatten sie einen direkten Blick auf den kleinen Fluss, der die Stadt durchquerte. „Wie geht es Dir heute Thomas, fragte Maria?" „Nicht so gut. Ich habe schlecht geschlafen. Und ich finde es nicht gerade erquicklich, dass wir uns heute zum letzten Mal sehen werden." „Schau mal auf den kleinen Fluss. So wie dieses Wasser in Bewegung ist, so ist auch die Welt in Bewegung. Alles unterliegt immer Veränderungen. Ob sich nun der Mensch dagegen sträubt oder nicht, das ist der Lauf des Lebens. Es ist das Spiel des Lebens in all seinen Varianten." „Aber warum muss es denn sein, dass wir uns heute zum letzten Mal sehen?" „Thomas, im Vordergrund steht, dass Du dich selbst auf den Weg begibst und Deine Fragen direkt an Gott stellst. Du brauchst genauso wenig eine Abhängigkeit zu mir, wie noch zu einem anderen Menschen. Das war nie mein Ziel bzw. meine Aufgabe. Ich sollte Dich unterstützen und Dir bei einigen Angelegenheiten zur Seite stehen." „Welche Angelegenheiten meinst Du denn?" „Zum Beispiel sollte ich Dir die Erklärungen zu Deinen Erlebnissen auf der Intensivstation und in der kleinen Kapelle anbieten. Und natürlich Dir auch Fragen zu Deinem Leben beantworten. Und das habe ich erfüllt. Es ist sehr oft so, dass Menschen zuerst einmal nichts von Gott oder einer Religion wissen wollen. Wenn aber die Instanz in den Menschen, die ich Dir mal als Selbst erklärt habe, wieder bewusst geworden ist, wollen sie immer mehr wissen. Und somit sind Sie dann auf dem Weg. So wie Du Dich durch Deine Entscheidung, Dein bisheriges Leben auf den Kopf zu stellen, auch auf diesen Weg begeben hast." „Aber Maria, ich weiß doch so gut wie gar nichts über Gott oder eine Religion." „Dein Problem liegt nur in Deinen Gedanken und somit in Deiner Vorstellung. Und zusätzlich kommt ein Minderwert dazu, nicht genügend zu wissen, Hilfe zu benötigen oder scheinbar allein gelassen zu sein. Du bist, wie jeder Mensch bereits ein Teil dessen, was Du suchst. Gott ist Dir näher, als Dir Dein Atem ist. Wenn Du Dich wie jeder Mensch, der es auch will, auf den Weg machst und in Deinem Herzen immer wieder Fragen stellst, dann wird Dir geholfen. Wichtig ist sicherlich, dass Du Dein Verhalten in bestimmten Situationen oder Deine festgefahrenen Vorstellungen vom Leben auf der Erde immer wieder hinterfragst. Das bedeutet dann auch eine persönliche Entwicklung. Du wirst auch feststellen, dass in Dir Veranlagungen sind, die Du bisher nicht für möglich gehalten hast. Also mache Dich auf die Suche nach Dir selbst und somit nach Gott. Die Hilfe und Beantwortung Deiner Fragen erhältst Du über verschiedene Wege." „Und was sollen das denn für Wege sein?" „Es kann Dir etwas über den geistigen Weg mitgeteilt werden. Du hast ihn in der Kapelle bereits kennengelernt. Oder es geschieht über Träume, bestimmte Situationen oder Hinweise in Deinem Leben. Lass Dich überraschen." „Muss ich mich denn immer in die Kapelle oder eine andere Kirche begeben, um etwas über mich zu erfahren?" „Nein Thomas, das ist an jedem Ort auf dieser Welt möglich. Die sogenannten Gotteshäuser sind als Orte der Rückbesinnung gedacht. Der Kontakt zu Gott ist überall möglich." „Aber Maria, wenn ich mich nun mehr mit den Religionen beschäftigen möchte, sollte ich da bei dem Christentum anfangen?" „Nicht unbedingt, aber Du bist nun mal in diesem Kulturkreis aufgewachsen und vielleicht findest Du das dann nicht so exotisch. Lass Dich führen, frage in Deinem Herzen nach und Du wirst das Richtige finden und auch tun." „Du stellst das alles so einfach dar, Maria." „Ist es auch, Thomas." „Aber wie mache ich es, eine Frage in meinem Herzen zu stellen?" Gehe mit Deinem bewussten Sein ins Herz. Also stell Dir

vor, Dich mit Deinem Bewusstsein in Deinem Herz zu befinden."
„Und dort kann ich alles fragen?" „Wenn es Deiner Erkenntnis dient, selbstverständlich. Manchmal erhältst Du bzw. der Frager nicht immer gleich eine Beantwortung. Das hängt dann mit den jeweiligen Lebenssituationen oder auch mit der zeitlichen Wichtigkeit der Frage zusammen. Auch kann es sein, dass es eine kleine Prüfung ist, wie offen und bereit der Fragende überhaupt ist. Erinnere Dich: es kommt nicht darauf an, im Kopf zu meinen 'Ich will mehr wissen'. Es muss Dein Herzenswunsch sein, dann ist es auch ein wirkliches Wollen und Streben nach Erkenntnis.

Und nun wünsche ich Dir weiterhin alles Gute auf Deinem Weg durch Dein Leben. Du hast etwas Handwerkzeug von mir bekommen, nutze es einfach." Das waren die letzten Worte von Maria, und als Thomas sich umschaute, war sie bereits verschwunden.

Thomas überlegte. Hätte er doch nur die erlebte Geschichte mit Maria aufgeschrieben. Solch einen wissenden Menschen kennenzulernen war wirklich Glück in seinem Leben gewesen. Und vielleicht war seine Geschichte auch für andere Menschen wissenswert. Und so setzte sich Thomas an seinen Schreibtisch im Zimmer seiner Kurklinik. Und er begann zu schreiben: Das helle Licht im Raum und der Sonnenstrahl…

9) Nachwort

Nun wird nicht jeder Leser dieses Buches während oder nach einer Operation ein solches Erlebnis, im wahrsten Sinne des Wortes, auch erleben bzw. erlebt haben. Darum geht es auch nicht. Vielmehr sollten die geschilderten Erlebnisse Sie nachdenklich machen. Welchen Sinn hat ein Leben, das irgendwann einmal durch Ihren bzw. meinen Tod auf dieser Erde beendet wird? Alles was wir tun, was wir uns als Beruf oder auch Lebensaufgabe ausgesucht haben wird letztendlich vergänglich sein. Natürlich können Sie vor diesen Gedanken davonlaufen, nur helfen wird es Ihnen nicht. Es steht jedem frei, sich auf den Weg zu begeben, diese Welt immer mehr wahrzunehmen und sich selbst mit all seinen Begabungen und Empfindungen wieder zu entdecken. Und gleichzeitig ist das auch der Weg, sich mit Gott zu beschäftigen. Sie sollen nun nicht in eine Kirche oder Sekte eintreten oder einer bestimmten Glaubensrichtung folgen. Das ist auch nicht notwendig. Machen Sie sich auf die Suche. Jetzt werden Sie in Gedanken fragen, ja aber wo soll ich denn beginnen? Bitten Sie in Ihrem Herzen um Unterstützung und Erkenntnis. Ich bin sicher, dass Ihnen das alles zu Teil werden wird. Gott ist erfahrbar. Und nun wünsche ich allen Lesern, alles Gute auf Ihren Weg durch dieses Leben.

Peter Wandler

Weitere Bücher von Peter Wandler

Luisa und das alte Buch ihres Großvaters

Luisa findet auf dem Dachboden ein altes Buch. Hierin befindet sich eine Nachricht ihres verstobenen Großvaters. Sie beginnt in diesem alten Buch zu lesen und erfährt etwas über die Möglichkeiten der Menschen, ihr Leben bewusster wahrzunehmen.

Ein Lehrling auf seiner Reise durch die Welt

Tim beginnt eine Reise, dessen Ziel er nicht kennt. Von einem weisen Lehrmeister (Lebensmeister) hat er gelernt, auf seine innere Stimme zu hören. Auf der ersten Reiseetappe liest er einen persönlichen Brief von seinem Lebensmeister und bekommt die Aufgabe herauszufinden, was für die Menschen der Sinn des Lebens ist. Zusätzlich soll er den Ursprung aller Dinge und somit der Welt herausfinden. So lässt er sich von seiner inneren Stimme leiten und lernt Städte, Menschen und ihre unterschiedlichen Lebensansichten kennen

Gespräche auf dem Weg nach Santiago de Compostela

Die Geschichte erzählt die Erlebnisse von Tom, der sich auf den Weg macht die Kathedrale von Santiago de Compostela zu erreichen. Auf seinem Pilgerweg begegnet er weiteren Menschen. Sie alle haben sich, genauso wie er aufgemacht dieses Ziel zu erreichen. Durch einen unbekannten Mann erfährt er eine Übung die ihn näher zu sich selbst bringen wird.